冰 能

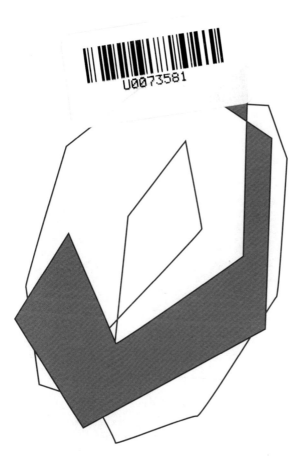

囼立一人大覺
應用冰能研究所博士論又

冰能稀士肝交碟菌之醣損拒糕臨床研究
Bing Neng —— The Anthology of Bo-Ling Chen

指導教授：劉 霽　Gi Liu
研 究 生：陳柏伶　Bo-Ling Chen

中華民國 104 年 12 月 25 日

囧立一人大覺博土學位論又
考試委員審定書

學　系

應用冰能　研究所　　　陳柏伶　　君所提之論又

冰能稀土肝交碟菌之醣損拒糕臨床研究　（題目），

經本委員會審查，符合博土資格標準。

學位考試委員會

主持人　　　　　（簽章）

委　員

中華民國　　年　　月　　日

囷立一人大覺博士學位論又
指導教授推薦書

學　系

應用冰能　研究所　　陳柏伶　君所提之論又

冰能稀土肝交碳菌之醣損拒糕臨床研究（題目），

經由本人指導撰述，同意提付審查。

指導教授　　　　　　　　（簽章）
＿＿＿＿＿＿＿＿＿＿

中華民國　　　年　　　月　　　日

致　謝

《冰能》

作　　者：陳柏伶 femininemedius@gmail.com
編　　輯：廖　人 bheadx@gmail.com
美術設計：廖　韡 liao1206@gmail.com
出　　版：一人出版社
地　　址：臺北市南京東路一段二十五號十樓之四
電　　話：(02)25372497
傳　　真：(02)25374409
網　　址：Alonepublishing.blogspot.com
信　　箱：Alonepublishing@gmail.com
總 經 銷：聯合發行股份有限公司
電　　話：(02)2917-8022
傳　　真：(02)2915-6275

二〇一六年三月　三版
定價新臺幣三〇〇元
ISBN 978-986-89546-9-4

贊助：文化部

本書由 104 年文化部藝術新秀首次創作發表補助計畫贊助出版

國家圖書館出版品預行編目 (CIP) 資料

冰能 / 陳柏伶作 . -- 初版 . -- 臺北市：一人，2015.12
　面；　公分
　ISBN 978-986-89546-9-4(平裝)

851.486　　　104026180

冰能稀士肝交碟菌之醋損拒糕臨床研究

陳柏伶

摘 要

冰能係一種面向過去、走入未來的新能源 (NE, New Energy)；相對於傳統熱能，冰能屬可再生自體能源，性質可燃，一旦應用技術成熟並透過量產程序，將可供學術更生人永續利用。就生態角度言，冰能於地球分佈之區域條件跨幅極大，既適於隔音程度較低之單人床舖深入探索，亦適於瀕臨詩禁之精神病院進行開發。要之，冰能具備使用簡易之屬性，就理論層次而言，能量密度偏低；就國際規範考察，符合阿迪斯阿貝巴議定書 (Addis Abäba Protocol) 和聖克魯斯—德特內里費公約 (Santa Cruz de Tenerife Conventions) 之碳排放量的道德呼籲值。本論文之結論在於指出，攜手善用冰能，將能維護地球應有之樣貌；冰能除了盡可能、性無能、超低能、求死不能之外，可謂無所不能，是以翻開冰能並凝視冰能，新能源遂即刻於體內源源再生。

關鍵詞：冰能、新能源、可再生

Bing Neng —— The Anthology of Bo-Ling

Bo-Ling Chen

Abstract

Ice can line oriented in the past, into the future of new energy (NE, New Energy); relative to conventional energy, the ice can belong to renewable energy from the body, the combustible nature, once the application technology is mature and production through the program, will be available rehabilitation and sustainable utilization of academic people. Statement on the ecological point of view, can ice conditions in the region of the stride the earth distribution is great, not only suitable for low noise level shop in-depth exploration of beds, also suitable on the verge of a mental hospital poetry forbidden for development. To the ice can have the ease of use of the property, on the theoretical level, the energy density is low; on international norms investigation, in line with the Protocol Addis Ababa (Addis Abäba Protocol) and Santa Cruz de Tenerife——moral appeal to value carbon Convention (Santa Cruz de Tenerife Conventions) of emissions. Conclusions In this paper, it is to be noted, and work can make good use of ice, the Earth will be able to maintain the proper appearance; in addition to possible ice can, impotence, low energy, Qiusibuneng outside, can be described as all-powerful, it is open ice can and can gaze ice, new energy in the body then instantly stream of regeneration.

Keywords: Ice Energy, New Energy, Renewable

第章

1
人孔蓋

CONTENTS

第2章　女用中指

第**3**章

沒有人有空

**第4
章**

**何妨再
過一天**

第5章

第6章

這個道理
小時候我 懂

雛小者生存策略

廖育正

都是自費想了想不如

先進監獄算了沒想到

那裡竟然有低消攜帶

寵物和撰寫論文者則

外加一成服務費我靠 [1]

論文若是地獄，柏伶領我們觀落陰。她從地府歷劫歸來，倖存於「廢結合」[2] 狀態，口中唸著自編的怪異詩詞。地獄十層有八，閻王扮教授，刀山是理論，油鍋炸文本，掀開筆電像開鍘，排排坐著唇亡齒寒的是平日一同瞎扯蛋的學姊長妹弟。這是柏伶的阿鼻地獄遊記。她沿途紀聞，嬉遊論文的陰曹十殿：

想要畢業就要

起一間樓仔厝

即使無人欲住

即使是鬼屋或

凶宅也不能夠

否認有的同業

每一個月都能

準時完工成交

接下一筆訂單 [3]

鬼島特低的出生率和特高的碩博士比率，加深文科研究生的徬徨。對未來不安，對就業困惑，對收入放空，對房租唸咒，諸種困境使人心灰挫敗。長期一事無成、虛擲光陰，自我感覺不良好，為世俗價值所棄的切身感受，柏伶的同行應該都能體會。如果「並不是只有我這麼含慢」，[4] 那麼人生能否回到「還沒被論文寫之前的樣子」？[5]

這種研究生式的天問，來自於無時無刻的論文焦慮、年紀焦慮、人生焦慮。它們無所不在——在耳機中播放，在餐盤裡堆疊，在飲水機前流淌、在浴室鏡面起霧。萬般惶然以無視脈絡的方式，在最尷尬的時機，荒謬地連結在一起，形成一番獨特的研究生現象學。

不過卻又過了

整整一個禮拜

---

1 〈U 丸〉

2 〈廢結合〉

3 〈論文營造業同業公會〉

4 〈人生宛如跑操場〉

5 〈論文營造業同業公會〉

只有要回家前

不管多晚的風

還是會強迫我

對剛剛過世的

每一天坦白：

自己就是兇手[6]

柏伶浸淫文學正典，也以電影為精神食糧。她幽默地改編正典為護身咒語，避雅趨俗的語氣既是自我解嘲，也是對世俗標準的企圖解構。不管是和論文的「肝交關係」，[7] 亦或夢中口考的「大體完整」vs.「略施小技」，[8] 都反映了本地盛行的研究生密閉恐慌症。她的「論文系列」詩，就像課本邊緣的即興塗鴉，宅生活的諸種瑣事簡直凡存在即合理，師友同窗閨密則被反覆言及加波及。[9] 這構成了柏伶的系譜。此系譜以清華為公約數，以人社院為運算式，在零碎的生活細節裡微觀，用同志死黨心思敏銳的嬉笑為解釋，暗示了對學院權力的片面考察。

或許清華大學中國文學博士的身分太令人窒息，柏伶酷愛所有不登大雅之堂的玩意——把詞拆開，把音念破，把字寫歪，頻以諧音、錯別字、閩南語，

6　〈每天的不在場證明〉

7　〈肝交〉

8　〈如果你大體完整就讓我略施小技〉

9　例如：陳小豬、陳小二、陳咪咪、蔡英俊、唐捐、曾雄哥、許妙蓮、林凱莉、林拍宜。

來戲弄國家頒訂的標準字音字形。她對「標準」並無敬意，但對喜愛的文藝經典則懷以既崇敬又崩潰的心情。她的改寫，無關閩南對中原的顛覆。她的胡鬧，是對正色正典處處心眼的拘謹中文系之頑皮調侃，也是對社會主流價值的紙上反對。她如此敏於自嘲，敏於在日常中進行言語惡搞，其實源於學院中人的疲憊。她自成一格的胡謅歪寫，仰賴大量的諧音，成了青年寫實的心靈切片。這樣的幽默，彷彿一場流行語再造的行動，無意追求技藝的圓滿，有時應合了廣義反傳統美學脈絡下的某種當代生活詩學。

充斥我們生活周遭的外來語、誤用語、閩南語等，在柏伶的選用下，體現出奇特的質感。她像是在日常的文字圖景中調整光圈，凸顯出本地語言和典故的種種滋長，再以特定的國字詞組進行構句，進而衍生出怪怪的語意。這些詩暗示了「語」和「文」的權充及挪用，它們沿著一條條怪異的路徑而成形——而柏伶則在語彙的人孔蓋上靜靜拉筋，在電梯內悄悄抬腿，在滿堂高歌的伴唱帶前狂練瑜伽。當我們置身日常語文裡習而不察，唯柏伶在文字中時蹲時臥，扭腹下腰，憋氣伸展而沒法張揚，是這樣帶來一種生鮮的風格。

最抑鬱敏感的時候，柏伶意識著自己的身體。她把手伸進「自己的縫」，抽出一張張五顏六色乾溼交雜的紙巾；[10] 讓「上面的唇」與「下面的唇」緊張

對峙；[11] 或以女廁為舞臺，以天窗為聚光燈，像位名伶或聖母產下「非洲黑人」與「超級賽亞人」。[12] 以令人不適的身體展演，若有似無地挑撥異男社會的女色想像。

> 蛇落下來了
> 模特兒一般
> 瘦的子宮頸
> 我最驕傲的
> 女動脈 [13]

柏伶筆下一條條落下的「蛇」，化月事為冰冷崩毀的身體感，構成特異的閱讀經驗。應對著世俗壓力的體內崩盤，正如汙穢之排泄，而柏伶不時使勁的括約肌仍屬女體的括約肌。小題要大作，穢物需聚焦；像模特兒一樣瘦的唯有子宮頸，流淌著具有性別意識的女動脈。柏伶寫過兩本夏宇詩的學位論文，不循一般論述方式，是不折不扣的才女體。她的詩藝，偶爾借用了機智的轉喻，那種在使用 (use) 和提及 (mention) 之間的靈活切換、交互定義，搭配不同程度的離題，隱約有著對夏宇的變造或呼應。

---

10 〈百瀆〉
11 〈泡澡食橘記〉
12 〈C 區女廁第四間〉
13 〈這個月所有我要失去的〉

雖然大多時候刻意用俚俗來帶過一切，睹物感事的柏伶諷喻也憂傷：以 pollution 為破魯迅[14]，公路玉蘭花女子「像下午一點的陽光／照在身上有點痛」，[15] 或捷運上老婦人的「合理活」，[16] 乃至「李白家具名床展」，[17] 諸如此類的詩是一番正義躍然紙上。她從詼諧的語氣切換憂傷的頻道，語氣一轉又成無厘頭的自稱雛小：

麻雀雖小

也沒我小

因為我

超雛小 [18]

雛小者，乃相對於雛大者言。雛大者誰？教授也，俗世也，時代社會經濟價值也。「這個道理小時候我懂」便是雛小者隨口道出逗趣又調侃的話，藏譏諷於童趣，寓意多重而鋒芒不露。柏伶雛小，不是不懂世故，而是盡己本分地認清雛小：以雛小挑逗雛中，逗雛中懲恿雛大。調戲世故，調戲正典，想死的時候回到執戀的生活，雛小外還有雛爆的超雛超小──或許就是雛小者的最衰者生存策略。

---

14 〈破魯迅──颱風夜裡的和美人憂天記〉

15 〈你所不認識的神〉

16 〈台北捷運裡的合理活〉

17 〈李白家具名床展〉

18 〈雛小〉

第 1 章
人孔蓋

什麼
會怎麼想。

死掉的人

會怎麼想

活著的人

去年的春天

會怎麼想

剛剛的陽光

還有那些

寫了開頭的詩

沒玩完的遊戲

被中斷的話題

所有沒了後來的

一生

是什麼組成的呢

還有那些什麼

會怎麼想

李記。

李記的 logo 是絕望的正方形
每一邊都是另一邊的再現

這一餐再現下一餐
這禮拜三再現上禮拜三
周休二日之前完全
等於周休二日之後

過年前是過年後
這個人
也是
那個人
甚至這首詩
或是那首詩
完全都沒有
李記不能描述的樣子

用最令人不安的方式來說

李記不只是李記

即使我從小姓陳

李記就是

生活本身

李記就是

生命本身

就是

寂寞

本身

———

吸了氣

吐出來

這樣下去真的沒關係嗎

看了一些

一些不看了

這樣下去真的沒關係嗎

喝喝水

流流血

聽聽音樂

這樣下去真的沒關係嗎

長這樣

真的沒關係嗎

穿這樣

真的也沒關係嗎

這樣活著

真的

沒關係嗎

這樣真的
沒關係嗎。

身思。

我的身體

是個替身

替人說話

替人流淚

定期流血

因為自己

領了薪水

其實不清楚

月薪有幾 K

只知道自己

可能會被 K

身體都知道

感覺被耍了

單身   失身

重在   也講

緊身   出身

健身   有岸

追求   在身

裸身   可以

          流浪

投身

必須   若是

防身   有暗

          在身

捨身   無非

要先   是種

暖身   才能

平身

才能

脫身

如果是酗酒

馬格利特說

這又不是

一根煙斗

就活到命運不能安排我的時候。

如果是過勞

太陽公公說

這是一種對

過勞的歧視

如果是癌

我會讀完

晚期風格

自行離開

如果是意外

我相信

只有貓

看得到

最後

只剩

精神

分析

我把

昆蟲

標本

對準

自己

有 的 劇 情
片。

正午

好大一塊金屬

正閃閃發亮的

一條河

如果我被邀請

下去一起游泳

就遇見國小畢業前

一次溪邊烤肉戲水

再也沒回來的同伴

這次我要從她背後

整個環抱如大提琴

好低又好沉

長長的

一起哭泣

抒情狂。

是我殺了佐佐木先生

而他現在

必須休息

到明天

才能再

死一次

有的人

固定在手機

或 word 檔裡

發動恐怖攻擊

有人的抒情

屬於棍狀

容易出代誌

時速七十

孔子沒說

從心所欲

躲過照相

之後不逾矩

不會被檢舉

抒情狂

自首了

變成了

抒情犯

不舒服就

被生下來
就只好
活下來

這裡
規則密佈
一條一條
如此纖細
變胖的我
不太舒服

不要勉強。

那裡

那麼多廢話

連髒話

都很暢通

便秘的我

也不舒服

陳小豬說：

現在我人生追求的是

不舒服就不要勉強喔

陳小豬
在家休學記。

為什麼

我要被

陳小二

學去

陳小二

一直學

我怎麼

休學

_____

註：陳小豬是陳小二的哥哥。

那些
陳小豬
教我的事。

陳小豬：股菇，我告訴妳一個祕密

人姑我：好啊，什麼祕密？

陳小豬：要到星期五才能告訴妳

人姑我：那假裝現在已經星期五了

陳小豬：那假裝我已經告訴妳了

人姑我：那假裝我已經知道祕密了

陳小豬：那假裝我已經寫完功課了

人姑我：那假裝我已經寫完論文通過口考也畢業了

陳小豬：股菇，我們不要再假裝了好不好？

人姑我：……

新注音。

ㄅ

蹲了好久

還是上不出來

ㄑ

躺一下好了

反正夏天沒事可做

ㄋ

做一下好了

反正兩人沒事可做

ㄍ

做好了

再一起躺一下好了

廢
結合。

不用照 X 光
我知道自己
得了廢結合

我的廢
在擴散
硬化中

廢的我
簡稱為
佛

廢話說的好：

天廢自廢者

己所不廢

勿廢於人

所謂三人廢

必有自廢者

廢自廢以及人之廢

朝若廢夕死可矣咧

啊

全世界的

自廢階級

聯合起來

唄

太陽穴 1 號。

太陽下山後

回到太陽穴

回到

與它

年紀相仿的黑暗

與它

年紀相仿的愛情

太陽穴 2 號。

在自己的光裡

沒有一絲溫暖

下雨了
我在洞裡

我在想
這個世界
不需要
更多的光
而是要
更多的洞

自由
平等
博愛
的洞

太陽穴 3 號。

用

這個洞

串通

那個洞

讓

那個洞

擴充

這個洞

一個洞

勾引出

兩個洞

三個洞

所有洞一起合唱

洞洞相連到天邊

尺度極大

恥度極小

吹
　風。

雨昨晚先走了
怕是有人太過想念

光線延伸
天空露出肥胖紋
落在樹頂
又灑成沙拉油

風吹呀風吹
單調埋伏
人聲俱滅

我在大光明對面

人造的黑暗裡

飲水服藥昏睡

大風起兮

八樓三十七度西

是一切的峰頂

我愛

下

雨

。

一直想一直想

竟然就溼了

漫山遍地都聽見了

比鋼琴更好的

雨聲

即使現在全球氣候異常我還是希望每天都

下雨

淅瀝淅瀝嘩啦嘩啦哇哈哈

雨說的話

世界好聽

我愛下雨

很有可能因此

再也不能流淚

同時我肖蛇

從很早以前

就學會說謊

第 2 章
女用
中指

運送蛋——每月有感。

那些被夢見過的身體

排成一列之後

生下了蛋

就像之前所有的蛋

她來到我房間

獨自看完一本書

想了想關於未來

隨即搭車離開

———

註：首句變造自夏宇〈翻譯〉一詩裡的「那些陌生的語言像他年輕時／夢見過的身體」。

蛇落下來了

冷冷冷

每一條

都在背叛我

這個月所有我要失去的。

蛇落下來了

魔鬼的

長頭髮

抒情不分叉

蛇落下來了

死掉的

上個月

這掌紋

迅速更新中

蛇落下來了

模特兒一般

瘦的子宮頸

我最驕傲的

女動脈

蛇落下來了

有時候

我明白

她的每句話

除了這一句

—————

小記：
以此詩向方思的「夜性急地落下來了」和唐捐的「賽性急地落下來了」致意。

二號房──記我大來。

雖然是房東可是我

沒有二號房的鑰匙

裡面的電燈壞了嗎

不然怎從來沒見過

裡面的臉倒是聽說

在做室內設計一類

的工作每每裝飾了

滿屋子的紅玫瑰

又決定全部丟掉

這個月我又收到

很大量很血腥的

那厚厚一疊房租

事　　　　　後。

沒事我就先走了
萬一有什麼事
可以打辦事處
那支 19-19-119
有位姓焦的詩人
會結橙為你服務
如果你不要性交
的人另一位姓向
性向逆向那個向
詩之所向不太像
因為真正的詩
都是事後才淫
簡稱為事後詩

事
後
玩。

我只是出來玩

不管好不好玩

感冒好了之後

就是要出來玩

少腹逐瘀湯

我一邊喝一邊想

自從蘋果被吃了一口之後

世界大肚

而你我都是

所謂的囊腫

屬於打針吃藥不會消的那種

屬於只能考慮插管引流或者

三點全都露之微創手術那種

我們屬於症狀

典型的症狀

面色永如肝

Shao Fu Zhu Yu Tang。

————

註：少腹逐瘀湯，一帖中藥名。

有情風吹動三尺黑頭毛

有情月照阮的胸前

半身光

剩下來的黑暗

譬如季節性剪去的長髮

被當作眼睛

挽留了我的每個最後一次

親像無情的太陽可恨的沙漠

在蒸發的江湖

消失的風塵

安那其其（女性的苦戀）。

現在是如此孤單

因為我們有過昨天晚上

明明知影不通攔作伙

離開了後的孤單有誰人掛意

這款露水的情份

害阮暝日

心稀微連神也孤立

那些眼睛啊

忘了曾經深愛過的臉

而那些臉啊

正回視

彷彿不曾愛過

到底有多接近那

不能原諒的相信

不能原諒是不是

也就不需要救贖

相信她不是我驕傲的馬
——記日劇《罪與罰》最終話。

相信她就讓我打

0204-7575-68

從珍妮到阿曼達

她們裸體完成的

指控遠大於成人

的某些分叉

她吃著睡著看著聽著開著關著不由自主活著彷彿別人的心跳

以為在現在

卻給了來生

一旦相信了世界

世界就只剩一半

像某些分叉

疲倦

又瘋狂

含帶。

這裡是含帶
只有肉質的
花和透明的
蛇能活下來

蛇花定居
然後張開
讓花蛇進入
顛倒你最愛

的含帶的
曖曖內含
光自己流出
也自己流光

老想。

在 32 歲的房間裡

我想起自己

12 歲的身體

驕傲地不曾偷竊過

任何其他身體

未完成的乳房卵巢和子宮

有著大好前程

為妳插上蠟燭

平分蛋糕

剩下的

幫妳拿到廚餘桶

丟掉

然後回到螢幕

敲打鍵盤

把閃閃發光的

打入黑暗

動作

多麼流暢

虛假

又憂傷

幻肢。

頭上的太陽照著

手上的太陽

這兒的沙漠不大

泡澡食橘記。

剛剛好

剝開

與被剝開

上面的唇

看

下面的唇

眼神

緊張

普鲁士。

普魯士
在台灣
很普遍

車站
學校
公園
大賣場
百貨公司
都有普魯士

我的大嫂曾經是
一名普魯士軍人
我的媽媽授予她
很多很多的勳章
只有我
不當兵

我驗退了
我被驗出：
心慮不整

夜間盤突出

將就性脊椎炎

加上

M 字腿

（呃這個我沒有）

高度幻視

LGBT 陽性

同時是

電線肝

帶原者

我的精神

長期呈現

星形的裂開

啊

普魯士啊

普魯士

你將永遠成為

我對自己的歧視

————

註：普魯士，根據陳咪咪的讀法，同「哺乳室」。

坐好

慢慢前傾

盡量延伸腰椎

將額頭貼近地面

之後你會感覺蒜末在四周

熱油爆香

轉大火

吸氣起身準備

後仰

將腹部拉平雙手後撐

彷彿一顆蛋

被攪散 在紅蘿蔔與洋蔥丁裡

紅白紅白粗肉絲

保持呼吸 直立

腳要與肩同寬

彎腰手握腳踝 放下

隔夜的冷飯

捻鹽 拋鍋翻炒

最後灑落一把蔥花

深深吸氣

好香啊

再吐氣

好餓啊

半小時之內

不能吃東西

胃
瑜珈。

人生
宛如
跑　　　操　　　場。

剛開始跑

以為世界在我腳下

後來發現

原來它是在我前面

過了很久

才了解我只能在外面繞圈

一圈一圈

不停打轉

並不是只有我這麼含慢

那些遙遙領先的

還有遠遠落後的

其實都比不上自己

又高又壯的影子

晚上的影子看起來

非常黑非常酷

不喘不流汗

讓我超崇拜

但是月亮說：

人生啊 人生

也許比別人多

但也僅此而已

膀胱者的寂寞。

默默
儲蓄
該死
的淚

哭完
還要
續杯

第 3 章
沒有人
有空

今天星期三

神坐到

我對面

讀了一遍約伯記

刻意跳過一些些

撒旦的部分

被猜錯是很大的寂寞。

我很感動

但有點愛睏

我跟祂說：

「下雨吧，下雨吧

淋溼我的信仰吧

雖然我

是一顆小石頭

即使全溼了

內心

還是會乾的。」

———

註：題目是偷用張娟芬為董啟章的《體育時期》寫的序裡的句。

吃飯時
看動物星球
頻道。

對不起

我吃了

你朋友

對不起

我朋友

吃了

你朋友

對不起

我以前的朋友

吃了

你未來的朋友

所有的生命

全都消失在

同一個

洞

口

中

不　　　雅　照。

監視器一直在照

我的不雅照

空空的長廊

飛進一隻年輕的蜜蜂

於是只好到最右邊去尿

天光下

樹葉昭昭

也可能因為鈉含量過高

成了一滿臉皺紋的老蛾

背對鏡頭

外的下雨

不知多久前

就停了

開門

關門

開燈

關燈

做夢

夢掉

每天的末日。

也

刷牙

洗手

上大號

把原本記得的

順便沖掉

然後轉到 20 台

史蒂芬坐在鱷魚背上大喊：

巴迪！巴迪！

遂轉頭

把當天的我吃掉

失眠的時候

我會默默地

開始對答案

對答案。

爸媽的答案是＋

我答錯了

老師的答案是＝

我答錯了

老闆的答案是 %

我答錯了

親戚的答案是 $

我答錯了

朋友的答案是 ( )

我答錯了

伴侶的答案是…

我答錯了

現實的答案是！

我答錯了

社會的答案是∵

我答錯了

未來的答案是 @@

錯了

那是我的答案

未來的答案是 ®

全部都

對完了

對

完了

我把答案

對準自己

一槍

打下去

浴活。

想死的時候

我會去洗澡

霧氣會蒙蔽

現實的眼睛

分鏡

這天晚上

老人送來一面鏡子

「可是，我已經有很多了耶」

黑暗中

鏡子裡

都是發光的人

發光否則發功

發情順便發誓

發病或者發兵

發呆發瘋

發霉發毛

我想發願

卻只發胖

──── 記我的耶誕節。

一個小時過去了

兩個小時過去了

三個小時過去了

重新陷入黑暗的時候

我決定

等一年

都過去

等明年的耶誕節

和大家交換禮物

冬季限定。

人差不多到了

冬天這個年紀

那麼樣回頭

便僵直成鹽柱

而且從內心

開始裂開

痛徹脊椎

切入客家模式

還有久未正視的人生

上學途中中暑一記。

墨鏡看你

眼裡的天色強欲落雨

整個世界忽然就進入了

省電模式

昏昏惡惡

便利貼在末世

最末的枝節上

一切都因無力而順天應人

強光底下

無所事事

蹲下抬頭

相對而高的

牆上一小窗

射進天光

打亮這方舞台

C 區女廁第四間。

我在中央

雙腿分開

產下一名非洲黑人

火氣不小

又產下另一名

超級賽亞人

忽然聚光燈暗了下來

我也就拍拍屁股

走人

去掛修辭精神科。
去掛修辭精神科。

最近晚上都睡不好
因為多了不少煩惱：

擔心打油詩不油
擔心風行網不行
非死不可還沒死
阿罵萬一不再罵
還有老娘變太娘（蛤？）

研究室本來
就沒在研究
但唐捐到底
能不能再捐？
（那以前是捐……）

醫生說這些問題
都不是問題馬上
把藥吞下去一切
都會過去包括你

生日感言。

今天

是什麼周年慶的第三天（電視說的）

今天

離那個總統大選還有 20 多天（電腦說的）

今天

雞蛋和牛奶都到今天（冰箱說的）

今天

論文死期進入倒數（我幫老師說的）

今天　　　　　　Today

不是我的天嗎？ is not my day ！

雨夜大蛇行。

黑罵罵的馬路被淋成一條

亞馬遜水蛇

我也烏溜溜地

騎到牠頭上

目光堂皇

我們像鯊魚切開海洋

像沖泡式玉米濃湯

神速

超神速

突然被光彩奪目的

一起事故

嚇成

論文的 Word 檔

要不然我也想寫這樣的詩。

早在一個禮拜前

就有人開始注意

我的速度和方向

有的熱烈討論

有的不停猜測

或深入分析

與我遭遇的

一百種可能

可能是欲望

可能是恐懼

因為我

吹開了

一本新的使用手冊

因為我

搖醒了

最有資格的收穫者

因為我

打溼了

書上的名言警句

那一再被引用的

標楷體

交叉掩護著

純肉體關係

沒有關係

再按一下

就用 HBO

接下去

———

註：看颱風動態預報一記。

造
句。

1. 夜總會：

別再想了，夜總會過去的。

2. 天才：

昨天才寫過論文，為什麼今天又要寫？！

3. 炸蝦蘿蔓：

這杯你若無呼搭，是尬人炸蝦蘿蔓？！

（翻譯：如果不乾杯，你做啥流氓！）

4. 便當：

發便 當時，同時感到空虛。

5. 一流：

口水一流到書上，就應該洗洗睡了。

6. 中共：

伍佰說：中共一句話，AV 把弟洩洩啦！

（翻譯：總而言之，謝謝大家！）

第 4 章
何妨
再過一天

又不好笑可是

我必須大聲笑

不然我會聽見

棉被說這麼晚

不睡覺在看

什麼鬼電影

也不好哭但是

我要用力地哭

不然冰箱會說

大家都出門了

為什麼你還在

重讀那本小說

寫得好爛啊不過

我會繼續寫下去

只因為鏡子老說

今年都幾歲了
還寫什麼新詩

他們都說：
電影去死
小說去死
詩也去死

死並不難
唯獨幻想
最是介意
被人快轉

幻決。

西蒙。

去年的那天

和今天一樣

日子白得發亮

發亮到好像

得了強迫症

我低著頭

默默忍受

然後

你來了

來到我身邊

俯身

吻我

為我的白天

帶來了陰影

陰影多麼涼

多麼愛幻想

我和你

用影子

分享彼此

最深的秘密

最遠的憂慮

就這樣

我們把所有時間

都變成了夜晚

我看著你的眼睛說：

我愛你，我愛你

你看著我的眼睛說：

親愛的

我也愛你

但是你最好

讓別人愛你

註：西蒙，台語，死亡的意思。

自我
探索頻道。

發現自己

只能稱作

名譽上的

哺乳動物

寄居在

時間的

太平間

人格

只剩

一格

趙育正。

我們從情人

變成了朋友

這段時間以來

謝謝你的照顧

謝謝你

送給我

好幾首祕密的詩

一次同情的旅行

許多不眠的夜晚

啊我要你知道

我真的不願意

就此與你分手

於是我決定

開始模仿你

最後成為你

成為不需要

變彎的湯匙

成為只收集

灰塵的抽屜

成為能盡情

灰暗的天空

成為不被精神

所分析的沙發

從沙發上起身

我發現自己又

少了一個朋友

———

註：趙育正，又名躁鬱症。

拒糕症。

麵包和蛋糕
喜歡我這樣的人

因為我
沒有拒糕症

因為我知道
被拒絕的感覺
只有麵包和蛋糕
知道

夜盲症。

黑夜將我教導成

一位優秀的盲人

我用手

讀詩

我用手

讀你

你在我手裡

我在你手裡

先左手

再右手

雙手一起

一首接一首

無聲的好詩

守夜者。

入夜之後
我就努力
成為一名
稱職的鬼魂

靜靜
泡麵
靜靜
喝湯
靜靜
洗碗

靜靜地
在夜裡
活著

有時我會
不厭其煩
研究一張
熟睡的臉

一張最接近死亡
也最接近希望的
寫真

更多時候
兀自
發著藍光
我與螢幕
互相掩護
彼此的探測器
並且傳送一些
可有可無的消息

輕輕地
我搖晃自己
感覺自己比之前
更加空虛
開始懷疑
自己會不會
連痛苦
都失去

夜色終於
完全褪去
守夜者
失去了夜
而我
失去了
睡意

（燈暗）

把手伸進

自己的縫

食指延伸

回扣拇指

慢慢抽出

百瀆。

一張紙巾

抽出

一張濕紙巾

再抽出

一方紅絲巾

繼續抽出

綠巾藍巾紫巾橙巾

再抽再抽

一朵玫瑰

一隻白兔

一百隻鴿子

一千顆星星

抽一場雨

全身濕透

（燈亮）

魔術到此

圓滿結束

有碼。

看不下去了

這一片好霧

而那片狂雨

罩山

掃樹

全都錄

我被定格在

風乾的新竹

堅持與

大面具

碼眼

相看

內外志——
阿龍 (alone) 心之俳句（一）。

內志亢進

外志剝離

存在——
阿龍（alone）心之俳句（二）。

那裡什麼都有

卻從來沒有我

一些比我早起的詩。

初一或十五
雞鴨和水果
圍著我生火

陣陣白煙
直直上天

好高啊
你娘和
他媽的
巴別塔

維他命。

窗外

亮晃晃的一片

又一片

是刀的側面

涼而且膚淺

這個金黃色的世界

看著看著就會流血

唯他與違她

微祂和危牠

於是我來到一天之中

最最痛恨自己的時刻

吞下一片

我和時間

一起停止

敏卦。

戶外的天光
超易經螢幕

呈陽性反應
囚我於室內
被過敏啟蒙：

君子務多孔
孔多而後能
中空不空者
則必上空也

冰能。

政府推廣太陽能

小的我支持冰能

太陽能是

官方說法

冰能才能

勞動大眾

光復路上

常駐一名

冰能稀士

開示大器

路過的我

和狗內心

時時都在

保粒打 B

目前冰能

的 slogan：

拜拜用冰能，

送禮愛冰能！

（主婦聯盟）

全球暖化，

唯有冰能！

（環保聯盟）

Ice can，I can ！

Ice can，we can ！

（罐頭聯盟）

水能載舟

冰能配粥

（這個我呸）

註：冰能，檳榔的台語。

我能想到

最愚蠢的詩

就是伊底怕詩

伊底怕詩情節。

是這樣的

詩不怕溼

就像夏宇

的詩不怕

下雨可是

夏宇怕溼

還是不怕

我就不知

情節

就是

這樣

Pass！

第一則：

生日的早晨下樓

你說：「閉上眼睛」

開門的聲音之後

我睡了很久很久

因為在夢中

你不會走遠

第二則：

「爸爸

媽媽

忘了

我吧」

叫了幾聲

走了

一隻老狗

用孩子的方式

第三則：

快加入會員！

（前方有測速照相）

超值特賣！搶！搶！搶！

（前方有測速照相）

天國近了！

（前方有測速照相）

啟蒙。

臨床。

發現時

已經平躺

像死了一樣

這樣

死後或正在死的時候

學過的中級日語和初級法文

也會跟著去死嗎

還有那些練習多次的高麗菜飯

和苦海女神龍

該怎麼辦?

黑夜降臨

幾何的床

有時朝上

呈顆粒狀

U 丸活得好好的

有個向上的缺口

和一顆缺餡的心

U 丸。

U 丸每天在睡前幻想

自己是電影裡最抽象

的殺人狂必須在每個

星期二執行不經實驗

證明的秘密任務雖然

說是秘密不過健保有

給付但隆鼻和墊下巴

都是自費想了想不如

先進監獄算了沒想到

那裡竟然有低消攜帶

寵物和撰寫論文者則

外加一成服務費我靠

U丸很想死很想死
的時候就忘記父母
根部一般深入的臉
也忘記後來在監獄
裡愛上了室友因而
在文法上受的折磨
這樣莊重不帶感情
想了許久中間上過
幾次廁所終於肚子
餓了打開冰箱發現
原來死和蘆薈一樣
真的又便宜又神奇

U丸擦隔離抹防曬
後上網變成暴露狂
U丸一餐吃三碗公

好在瑜珈課練劈腿

U丸相信連續劇
無比優秀的隱喻
U丸想瞬間消失

U丸寫不出論文
就唱唱陳昇假裝
把悲傷留給自己
只是悲傷不願意
U丸離開了而已

註：U丸，台語，猶原，依然、仍舊的意思。

寫詩須知。

寫詩的時候不可以生氣
因為詩一定比你更生氣

但是寫詩的時候可以哭
如果你能找到它的肩膀

最好是你邊吃東西邊寫詩
這樣寫完至少不會太空虛

或者是你把詩寫進論文裡
看讀者和作者誰會先瘋掉

然後要記得
先去丟垃圾
不然等寫完
可能會丟錯

詩寫完了以後

不要馬上睡覺

你會分不清楚

哪個是夢

第 5 章
我憑
什麼用
第三人稱

阿多諾姓阿

魯道夫姓魯

巴什拉姓巴

愛彌兒姓愛

奧斯卡姓奧

蘭徹斯姓蘭

海德格姓海

馬克思姓馬

喔大自然最彰化的

阿魯巴愛奧蘭海馬

您（請自動空兩格）

比佛洛伊德還佛

比盧卡奇還要盧

（也比盧卡奇卡）

您（請自動空兩格）

比朱利安朱

比史丹尼史

比色斯色

比大衛大

比凱薩凱

喔您比前列腺還前列

比品種還有品還有種

論文的
旁氏新科學。

一個新節目

週一至週五

早上八點到

晚上十二點

星期六日的

下午會重播

沒有打歌也

不會有廣告

收視率超低

製作人自己

也看不下去

論文怕了沒。

入會之後第一件事

就是畢業（蛤？！）

想要畢業就要

起一間樓仔厝

即使無人欲住

即使是鬼屋或

凶宅也不能夠

否認有的同業

每一個月都能

準時完工成交

接下一筆訂單

論文營造業

雖然工會定期

發函通知大家

多項福利保險

我還是很希望

人生可以回到

還沒被論文寫之前的樣子

同業公會。

論文的
荒原。

四月是最殘酷的月份

他說的沒錯

死期在月底

獨自在家我戴上耳機

假裝自己不是一個人

在寫論文

假裝論文

不是在寫我

愛的那個人

論文須知。

捕魚的人

和

被捕的魚

在上岸時

就

已經死了

寫論文的人

和

被寫的論文

在上傳後

會

一直復活

本格派論文檢索。

眾多屍體

同一系列

全都屬於

密室殺人案件

從死亡時間

從犯罪手法

從作案凶器

從過程

從動機

我大膽推斷這是

同一個犯人所為

萬萬沒想到

受害者家屬

會出面提供

不在場證明

名偵探柯南說

真相只有一個

指導教授則說

學位只有一個

是這樣的

我和論文

的確是肝交的關係

和指導

或紙導

及止導教授

就不是了

那只有在

夢中交過

報告而已

肝

至於跟電影

就屬真肝交

加上腎交與

腸交這三交

神經早已經

超越神

交

交。

淨化論。

打論文（達爾文的鄰居）
在最近提出了淨化論：

論文裡有許多髒東西
要趁洗澡的時候搓洗
如果洗不掉千萬記得
大完便後要一起沖掉

像論文一開始很粗糙
就試試看去角質凝膠
如果還是嫌轉得太硬
別忘記多在浴缸泡泡

有時沒頭緒有時很亂

都可用潤絲精順一下

一旦發現觀點太單一

可以到鏡子前再照照

肖話萬一練太多

趕快去刷牙漱口

需要深入分析時

記得也要深呼吸

如此這般淨化再淨化

老闆還不給畢業的話

我一定

會讓他

一輩子

永遠都

不能夠

再洗澡

為啥咪。

我又沒有殺人

為啥咪睏袂去？

我也沒在賣假油

為怎樣怕被爆料？

我甚至完全沒有搶銀樓的念頭

為啥咪沒法承受

四目交接的溫柔？

沒事我更不會倒人家會

（這是有倒過的意思嗎）

為怎樣混超過三分鐘

就親像是有人要報警？

啊代誌不是憨人所想按呢啦

我沒殺人沒賣假油沒搶銀樓

就算是有機會也不會去倒會

但是我

論文啊

無蝦丸

也莫怪

歹症頭

來創治

———

註：其中多處的漢字台音，都是用「你歌伴唱帶」標記法。

為了確實

離開地獄

我的螢幕

只能下雨

拒絕放晴

的結果是

我桌面的

亞蘭德倫

變蔡先生！（雖然英俊）

不洗臉運動

嚇了一跳

再看一次

竟成唐捐！（捐軀算了）

這樣下去

不成甘地

會先肖去！

No Facebook Movement。

你的論文大體（南無阿彌陀佛南無阿彌陀佛哪無啥咪攏無）

上我非常肯定（口考老師個人是有在走戀屍 SM 的路線嗎）

因為很多人沒有（我當然不是什麼很多人我是大體本人耶）

所謂問題意識（其實這可以換算成昏迷指數我的應該是 3）

而且你大體的結構（莉瑪點播大嘴巴的「結構咧結構咧」亂入版）

環環相扣（扣環式後庭塞屬個人衛生用品一經拆封不得退換）

文字敘述很有存在感（蛤不過最近很多人得的是 A 型流感愛注意喔）

算是很有個人風格（啊不然我還能走韓國男子偶像團體風格嗎）

這裡只有一個小問題（吼有問題就早說嘛一直鋪陳是怕我哭是不是）

「從人的香腸性去……」是指？（蛤？！香腸性？！啥米碗糕裡有香腸性……）

在論文的第 129 頁……（天哪我有寫嗎我真的有寫香腸性嗎？！）

是新術語嗎？（呃……應該是吧這在性別界來講算新的文化研究……）

（完全想不起來當時只是要打「從人的欣賞興趣……」）

如果你大體完整

就讓我略施小技。

———

註：記一場夢中的口考。

像這樣

登入

無法收尾的

首頁

或那樣

下載

力求上進的

高清與超清

也不忘

今日更新

這樣那樣的

都多少希望

這樣那樣後

將良心發現

每天的
不在場
證明。

不過卻又過了

整整一個禮拜

只有要回家前

不管多晚的風

還是會強迫我

對剛剛過世的

每一天坦白：

自己就是兇手

真心話大冒險。

（唉呦雄哥我論文寫不出來怎麼辦啦？）

請用溫開水

（還有下禮拜那個睡聽的大綱會不會又脫窗啊？）

請用溫開水

（啊妳的新歡阿波艾爾好不好用咧？）

開水滾燙請小心使用

（妳觸碰的那支說實在的是很好用是不是？）

開水滾燙請小心使用

（雄哥妳會不會覺得我很煩哪……）

開水滾　開

水滾　開水

滾　開

———

註：和曾雄哥用五樓力霸泡掛耳咖啡一記。

牽手之於愛（輔導級）。

拍拍姐 (winner) 有問：「愛的最最最高點是？」

曾雄哥 (loser) 就答：「牽手啦！」

眾人（邱表妹、許妙蓮與林凱莉）：「⋯⋯」

中指

不髒

而且最長

可以很快到

愛情的盡頭

到了之後

再摩擦

無以名指

不過下次最好慢慢來

從大拇指開始（請按讚）

在小指結束（i am a loser , too）

———

註：曾雄哥玩大老二最輸之懲罰真心話有問必答以為記。

辣妹是三小

朋友——數一林拍宜

押韻的關係

數二林凱莉

辣手摧花（是如花？還是小花？）

也算有辣到

邱表妹

畢竟當過印度阿三

以上

就讀幼齒班

身邊孰辣一覽表。

隔壁是中空班

全班共兩人

一是曾軟糖

只吃有色素的食物

而且吃一口辣喝十罐 Zero

另一是許妙姬

有許多中空裝（上衣下着均備）

假中辣之名

行洗腎之實

子曰：孰可辣，孰不可辣？！

終於來到辛口最高級

眾鹹聚集

我是唯一的

老兵

變天一記。

那個兇暴的男人

插入建築之腹　抽出

插入道路的皮膚　抽出

插入湖心　插入 101 的眼睛

如此火熱不知過了多久

（屢創新高溫）

虛偽的陽具溼了一地

狼風虎虎地吹

豹雨龍龍地下

雷電閃落

就是這個時候整個大學聞起來

很像電鍋

炊菜頭粿

蒸氣霹靂

珍味四溢

這般潑雨應該沒過多久

就留下電　影

其詞閃爍

還有 C634 的日光燈久久

註：C634 是清華人社院中文系的學生研究室。

第 6 章
這個
道理
小時候
我懂

破魯迅
——颱風夜裡的和美人憂天記。

這樣說會不會
太過冒昧了些
不過的確有人
已經弄破魯迅

連阿 Q 都不讀
就弄破了魯迅

魯迅啊魯迅
你聽說沒有：
那些被強拍
裸照的山坡
被威脅露點
的星空還有
因不斷開發
而沸騰的海

都即將成為新世紀的恐怖小說

主角是
破魯迅
是那些被人類的進步
所強迫延長的生命們
它們無法安樂死
它們將使用
相同的邏輯

將使用剩下的
人到時候大家
就可以一起變
不見
和
不散

註：和美，我的故鄉，彰化縣的一個鎮。
　　破魯迅，英文是 pollution，汙染的意思。

過年
用人。

快過年了

我們不用

難過的人

因為大家

都很快樂　　　我們

　　　　　　　不能沉默不能徬徨

因為新年　　　不能痛苦不能瘋狂

有新希望　　　不能吶喊不能荒涼

所以不用

絕望的人　　　我們不能遙遠

　　　　　　　我們只能過年

破碎的人

也不能用　　　只有年過了

因為大家　　　人

都在團圓　　　才能過得去

你 所 不 認 識 的 神。

她叫玉蘭

長髮及腰

嚴嚴紮好

土黃色遮陽帽底下是

她兒子寬大的運動褲

腰有霹靂包

一串一串

舊衣服的白

那些完全屬於她的十字架

氣味甚至有些野蠻

她向我的車子敬禮

九十度

幾近沸騰

行在地上

如同行在天上

她穿過我

像下午一點的陽光

照在身上有點痛

————

註：詩題完全抄襲朱曉海老師的演講題目。

阿嬤坐在邊上

發光的金城武將她踩在腳下

於是往邊緣挪了挪

低頭瞌睡　如一尊識相的小神

守在暗地

守著莫名其妙的廟宇

台北捷運裡的合理活。

深深的地底下

她開始吃菠蘿

麵包　那是般若波羅蜜多經

沒有肉鬆

沒有夾心

人潮一波波

一波一波沖劫她

小孫子戴著口罩

蹲在惡流中央

那麼多千里眼順風耳

那麼多 iPad 和 iPhone

刺穿他 和她

他和她有時是

牠和祂

是什麼哲學家說過的話：

人不能兩次踏進同一條河

阿嬤依舊坐著

把腳伸直

請
勿
由
此撕開。

這是我的爸爸

請勿由此撕開

這是我的媽媽

請勿由此撕開

這裡是我的家

請勿由此撕開

晚上吹進來的風

白天看出去的樹

田中央閃閃發光

請不要動手

請不要動口

請不要

在這裡

使用

動詞

你的文法

我們不懂

天使的
蚊蠅。

親愛的天使

我的家住在後山加蓋的頂樓

你會不會找不到我？

希望你可以幫助我不要在夜裡

睡著

因為晚上的影子

壓在身上好重好痛

還有一種臭味總是燒著燒著就

變得好兇

每到那時我會忽然變成一個瞎子

和啞巴

但絕不會哭

因為我代替媽媽

變成了天使

只是天使會流血嗎？

天使的衣服

弄髒了怎麼辦？

電視機在唱：「哥哥爸爸真偉大……」

聽起來像蚊蠅亂亂飛

親愛的天使

希望你讓我現在就睡著

醒來就長大了

金光旺旺

放火殺人

燒風強強滾

出手偷偷摸

路邊的野田

路邊的孔雀。

極狹的埂道是

好細致的頸項

威風掀起牠

層層疊疊的

羽毛卻變重

度憂鬱的綠

路邊的孔雀啊

遲早會被曬成

一隻 MIC 警犬

的偽認證標章

抒情主體。

牠在動物園裡

懶得理你

它在博物館旁

買一送一

祂死了你被警告是

盜版軟體的受害者

好吧

當一場雨落下前

我會把傘交出來

太細的

太黑的

一把傘

一顆心

被弄。

被弄到的時候

我看見鏡子裡

停在十七歲的你

葬禮將用手術的方式進行

所有你的一切

被降低為青春

只有我知道那

是一種假動作

那是為了演奏

一種被活下來的

一種被時間驅趕的

最愛而且

最新的音樂

再現。

有個人

有件事

在我的身體裡

待了一段時間

我無法消化

這些芭樂籽

只好用 shit

將他們帶走

怪物。

為了存在

我必須學習

很多的事

為了不存在

我必須學習

更多的事

某家庭組織章程。

第一條：有一個人叫爸爸也可以叫喬治或約翰

第二條：另一個人叫媽媽也可以叫喬治或約翰

第三條：後來的人叫小孩
　　　　或爸媽的好朋友
　　　　也叫喬治或約翰

第四條：如果是貓和狗和盆栽
　　　　就也叫喬治或約翰吧

第五條：任何喬治和任何約翰
　　　　或任何的喬治和喬治
　　　　或任何的約翰和約翰
　　　　必維持固定的性關係

第六條：任何情況均不得傷害
　　　　貓喬治以及約翰盆栽

歡迎現場參觀或來電洽詢：

2014 年最新款君不見高堂

獨家採用頂級的天生我材

珍貴建材爾來四萬八千歲

能在低頭向暗壁的牆面上

呈現出朝如青絲暮成雪的

光影變化君不見高堂同時

設有可供盥洗的朝辭白帝

彩雲間這間讓你如廁不用

關尖端高感應的總是玉關

會幫你關另外立體環繞之

萬戶擣衣聲和陸委會錄製

100 種兩岸猿聲將循環播放

24h 乎你免尷尬如果喜歡還

可以免費把 CD 帶回家最後

買就送名家系列的莫使金樽

或 9999 元加購床前明月光

疑是地上霜的月上霜名床──

包您睡覺搶頭香加碼再送

李白真人抱枕蒙古雙人遊

價格大破盤要買真的要快

李白家具名床展。

註：小漢斯的懼馬症是佛洛依德一個著名的案例。

馬的。

小漢斯不會說馬的
故事也不會看馬的
卡通更不會吃馬的
生日蛋糕他只喜歡
他媽的和他奶奶的

雖 小。

麻雀雖小

也沒我小

因為我

超雖小

公開賽。

不管
大賽
小賽

從體內
公開的

出賽
就是
完賽

（一）	（二）	（三）
我試著	每一天	沒想到大家
數到三	我醒來	一起出來玩
等世界	在昨天	只有我
停下來	的包圍	留下來
與我跳舞		
	喔我的世界	
	總是比昨天	
	要更臭一些	
	喔為什麼	
	這世界	
	總是比	
	昨天舊	
	而且貴	

225

（四）　　　　　　（五）

心中的　　　　　　我走了

大石頭　　　　　　你別寫

放下來　　　　　　詩

　　　　　　　　　有時

變成了　　　　　　太抒情

鞋裡的　　　　　　反而

小石子　　　　　　一夜情

鞋裡的小石子（一）到（五）。

anarchichi

人生怎麼樣也比不上你歌伴唱帶的一句

「放捨我你就不對～～為什麼免計較～～～

放捨我你就不對～～愛無法洗掉～～～

違背感情的人早就啥米攏無留～～心猶原～～情難消～～～」

1.

柏伶總讓我安心。

有幾年裡，我們的臉書對話不外如此：

「你這學期要畢業了嗎？」

「還沒耶。」

「就是定不下心攏寫不出來啊。」

「你的題目是啥？你有在愛它嗎？」

「矮油我陷入完全焦慮，不想跟全世界連絡。」

「此時此刻我也有種誰都不想見的感覺。」

「除了敢跟你唉，連可以唉的同學也很少。因為大家都畢業了！！！！！」

「為了終止想死的感覺。奮起吧！一個月後，看一章喔。設定了。」

「賀！中秋節前。交出一章。」

「耐心跟毅力到底是什麼？」

「我好像被追殺一直往前跑，完全不知道寫過啥。」

「唉。」

「唉。」

這類對話裡究竟哪一句是誰說的並不重要，到了末期，往往只剩下「唉」與「唉」的相連到天邊。我跟柏伶是兩個誤入學術歧途的肖仔，一起把博士班讀到最後大限第九年，然後一同屁滾尿流亂七八糟終結掉所謂的論文。我們還罹有各種自律神經失調、大腦貧血萎廢、心智不衡、暴飲暴食等疾患，以及 word 會不停自動切換到酷播或優酷的電腦病毒。我們時而哭天時而扶持，不斷掉進水溝吃到毒蘑菇，居然也躲過惡龍來到最後一關，在死掉三千兩百八十五隻馬利歐後，救到了一張畢業證書。

我們還有過一段同屬自廢階級的革命情感，每天對自己起義（發毒誓說今天

若不振作就不再當人），對論文起肖（大體失去冰能以致腐壞難以拾骨揀肉我當蛆蛆自己啃光比較快），對鍵盤狂舞（從臉書流連到推特再到批踢踢尋找各種可以靠北的溫床），卻總在長日將盡夜半時分發現自己不配吸到明天的空氣。日曆少一頁，爛帳多一筆。頹唐自厭到希望走進陰屍路，世界進入毀滅倒數二十八天，但即使如此我都知我不孤單，因為柏伶從來不曾背棄我。她不會像很多同學故意騙你說前一晚都沒唸書，結果考出來一百分。廢人最在意的，就是發現一起廢的同夥，突然振作而且都沒有通知你。「瞎米？你居然寫到第四章了。」「蝦毀？你惦惦申請口考了？」

這些背親離緣的情事，總讓人鬱鬱半响。所幸在柏伶身上通通都沒有發生過。拖稿的人最開心的事，就是又發現一個跟自己一樣過了死線還沒交的人，比上不足比下有餘苟且得到「現在可以先去睡一下」的小救贖。所以每當我發現「幹！又過一個月了，第一章還在鬧失蹤」這樣的慘事，只要叮咚柏伶，就會知道她永遠在我身後。即便長年相隔兩百四十五公里，我也會感受到她那溫暖的、來自自廢者聯盟的獨特溫度。她一直是我最溫暖而有愛的墊背。

2.

這種見不得人的愛被迫在此無恥坦露，也得怪柏伶找我寫序。文友不找找損友，什麼邏輯？「你的詩？你的詩哪位啊？」「就你跟我說很好的那些啊，得到出版補助了。」「瞎毀？你說那些非死不可裡的靠杯？」「CD~」「我……（下略驚呆吐槽打屁五百字）」「欸欸，但是我跟你的交情完全不具建設性，序一定也會寫得歪哥七挫。」「好啊好啊，我的詩就是這樣啊。」

好吧這次我並不暗傷這塊墊背為何跑掉，反之還頗為狂喜。因為這是詩啊！縱使乍看跟些不入流的歹咪啊也沒兩樣，但是這些與我同歡的壞掉心聲，也是有人賞識……。看來，世界還是充滿希望。

先說，人往往都不是一開始就壞掉先。一九九九年的夏天我在有松鼠與鳳凰樹的古都學府裡認識柏伶，被我們共同朋友大樹先生介紹來，那時她大學剛畢業，眼睛骨碌精靈，笑起是彎月，散發出一種明明很南部、卻又同時存在我所不解的、會在文藝營裡聞到的「文友」氣息，就是那種隨時可以與人熱情分享詩歌文學新書的善美女孩。

她總把詩認真列印在 A4 紙上，「我最近寫的詩。」雙手奉上。老實說我往往不知道該怎麼辦，不知道文友可以用來幹嘛。當我低頭看著那些諸如「我將檸檬黃的猶豫放在開頭」、「看著香菸安靜地變成風」的字句，我不好意

思說的是「他媽的，真的太新詩了」，或者是「可以把詩換成你媽媽的肉粽嗎？」（ps. 柏伶她娘包的肉粽世界好吃，我很不服氣但是得承認贏我娘一點點）。

這些詩我回去通通沒有讀，不知道柏伶是否在意。在我第一次犯論文病、憂鬱自擾拒絕探視的階段，她開始送來美食，偶爾在我電話裡反覆不要不要不要來看我之際來個硬式插隊。明明比我小，卻比我更像媽，我們常常處在她關心我我不關心她的不對等關係裡，她的失戀慘戀亂戀我好似知道卻又不太知道，因為我都只想到我自己，但她也好像不在意。

後來我們一起考上博班，不同校。經久日疏，各自報廢。自從 MSN 結束後人情還放水流了好一陣，復才又在社群網路彼此捕獲。臉書不比見面，那些可能較符合我輩打屁習性但同時也好虛無的文字搭唱，跟我們的共同困難那本論文一樣看不見一樣虛。

不知道何時起，我漸漸在自己的動態裡看到一些好好笑的動態，一小則一小則，寫進我者的困頓與無奈。比如：「麻雀雖小／也沒我小／因為我／超雖小」或者「心中的／大石頭／放下來／變成了／鞋裡的／小石子」這樣的字句。我靜靜發笑。我默默按讚。偶爾回她一句「請多寫」，但也毋須多言，這些分明

是挫賽或者烙賽之後的結晶，如此閃亮而且自我完成。

但這些看似若無其事又讓人念念不忘的小語，不免令人感嘆：「這時不時引發魯蛇焦慮、數度想自殺卻又下不了決心、充滿暴露狂與自戀患者的面冊上，終於出現了真正的塗鴉客了！」她總是隨處一漆亂噴一通，任性離去。就像那些地下道、鐵支路邊矮牆上油漆未乾的歪詞斜字，偶爾擊中路過的我。終於，我在這個最無的放屁的當代載體上，認真地讀起柏伶的詩。

3.

然而我並不懂詩。如果語言裡的文法規則與邏輯形式可以被視為暴政的話，奴勢必為軟弱臣服之順民。不合理的，沒道理的，破文法，壞中文，通通都要報警抓起來。梳理論述語言然後被治理，被繳械，乖乖遵守最新一期學術流行用語，時時自我審查修剪那些文字犄角。奴只偶在貧窮的想像力戶頭裡提領不出任何語彙時，才暗暗拿起一本詩集。

對我來說，詩如同在宵禁時分買到的一張夜行車票，可以暫且逃離語理管制進入冒險地帶。通俗的說法可能是「裝上想像的翅膀」、「馳騁想像世界」，我則稱它們為不馴的話語逃兵，黃話髒話鬼話狠話針話刺話的小小兵。在這些慘情哀淒無以言表再想都是那幾句濫情老話的年代，我們已經不知道什麼是真，我們已被那些矯情造作陳腔濫調所制約，我們不再創造感情，而是語

言創造著我們的情感與靠北，就像 KTV 裡總有成千上百的歌任君選擇讓你靠夭各式的失戀、暗戀、曖昧、想念、慶生、訣別。我們默默順從這些反覆迴圈，百無聊賴求生不得求死不能，就算禁語也不能得解，誰人的腦海不是如同一則臉書測驗「你使用頻率最高的文字是什麼？」一樣地閃動一大團詞彙雲？在語言裡我們是吃不飽也餓不死的農奴，默默渴望天降甘霖澆灌我那枯槁一致的話語荒田，但願能不必改良嫁接轉基因就長出一朵朵異形奇花。這也是為什麼當我們在 KTV 裡哀嚎過一輪張學友陳奕迅之後，就會開始點起你歌我歌優必勝伴唱帶，我們想看那些聳到爆的髮妝還有那些奇形怪狀的台灣國字與歪掉的歌詞，我們想要亂來一下。

柏伶的詩就是那些伴唱帶裡的怪文字，「嘸免等好額」也願意「甲你攬牢牢」，不必「走甲這呢偎」馬ㄟ「佇哩身軀邊」，親像「無字的情批」永遠「嘎哩來創治」。她完全不怕使用這種政治不正確的方式翻譯台語，她的詩就在他媽的母語與跟恁老師學來的中國字裡，胡亂奔馳抱頭鼠竄撞事夭夭。

然而意義可能就此發生，比如〈李記〉一詩，一開頭兩句「李記的 logo 是絕望的正方形／每一邊都是另一邊的再現」，彷彿「李記」是一間商號，結果李記只是台語的「日子」之諧音：「李記就是／生命本身／就是／寂寞／本身」。又如一首標題為〈西蒙〉的情詩：「就這樣／我們把所有的時間／都

變成了夜晚／我看著著你的眼睛說：／我愛你，我愛你」，這位俊帥的西蒙拯救主角逃離灼人的白天，以陰影和夜晚撫慰她，但其實他即「死亡」（請用台語發音）。更別提詩集裡那些莫名其妙的「U 丸」與「炸蝦蘿蔓」了以及書名《冰能》本身了（@＿@）。

除去這些國台語的不正確翻譯，諧音雙關也是這本詩集善用的鬧事手段。姑且不去想咱偉大祖國精深博大源遠流長之諧音文化，光是近年來充斥台灣社會的店名、建案、節目名稱等等種種諧音，驚奇有濫用亦有，有時實在讓人阿雜，煩到認真思考撰述一項莊嚴之語言考掘學之可能。諧音導致的雙關，國文老師會細細為你分別此乃「字音雙關」，與「詞義雙關」「語意雙關」皆屬修辭學一環。但我想柏伶會問，我難道不能想要怎麼關，就怎麼關嗎？！的確，詩人最怕的，也許就是正確造句、成語修辭與起承轉合，最不怕的，大概就是那些充塞車廂馬路廁所電視的垃圾標語與台詞，因為那些煩到你的都不能真正煩到他們，否則她也不會擬出像是「廢結合」、「事後玩」或是「這樣真的沒關係嗎」這些詩題。更遑論網路上流行的小學生造句，我想這些造句大概要令他們高潮狂喜甚至升天去了，因此柏伶也有樣學樣來一記「天才」：「昨天才寫過論文，為什麼今天又要寫？！」

多數時候我只能默默欣羨詩人，他們好似終日潛行於日常偽裝很正常，但根

本是文字恐怖分子，在被合法合理濫情俗套的語言高壓管制生活裡偷偷尋找各種荒謬的可能，隨時等待自爆。不懂卻又渴望解放的我，一籮人溜溜不驚鬧事，破壞秩序的，放火燒厝的（如果真有一座雅正崇高的詩學大樓），都好，都來。

4.

而我也很難對詩說出什麼清楚道理。只有愛與不愛，沒有好或不好。默默愛著一些詩，無法分析，無法如一篇小說或一幅畫，磨刀霍霍將之推進審美層次與圖像學的手術台。但我想企圖說明，柏伶的詩讓我心愛使我共鳴，因為它們往往自虐自嘲到一種令人哭笑不得的境地，不知道這能不能算是一種好？例如「寫詩的時候不可以生氣／因為詩一定比你更生氣／／但是寫詩的時候可以哭／如果你能找到它的肩膀／／最好是你邊吃東西邊寫詩／這樣寫完至少不會太空虛／／或者是你把詩寫進論文裡／看讀者和作者誰會先瘋掉」（〈寫詩須知〉）一次虐完了那個寫論文與寫詩的自己。又或者〈自我探索頻道〉：「發現自己／只能稱作／名譽上的／哺乳動物／／寄居在／時間的／太平間／／人格／只剩／一格」，怎麼可以這樣精準地罵自己卻又讓人自動入座？怎能不拍案怎能不想揍她？！

更不要說〈論文營造同業工會〉和〈為啥咪〉這些詩了。但如果要認真探問：

這些詩也可謂小鼻子小眼睛，眼界不出三公尺方圓的一間宿舍與一方書桌，研究生的生涯到底誰會有興趣？你們這些人到底有沒有認真在想遠方有戰爭呢？但是，創作本來自真誠，本就都是發自那些微小不堪的個人症頭，重要的是，那些私我能否映現時代處境？如果按照柏伶過去所信：詩是生活的評判。這位寫論文不時唉叫日日拖拍的傢伙，正用詩句嚴格地評判、審視著自己。當她傾盡了一個飽受論文折磨者的廢積水，這些哀嚎，並非僅僅難矣哉的小慧或是嘴皮子，它們背後多少反映出我們這一代的某種荒謬情境。如果說在這時代，七年級已經漸漸認清時代的兇險，那六年級的我們當年正是傻呼呼地為自己迎來了虛無。我們曾經真心誠意當文青，閱讀研究寫作膜拜，立志要在學術巨塔裡鑽鑽鑽，豈料卻在頭洗到一半，發現殿堂似乎快要崩解了。前方等待我們加入的，是非典型雇用之學術廉價勞工產業預備軍，以及一次性不可回收但很好消滅的聘書。

一旦在懷疑與找不到繼續下去的理由時，生命就會自尋出路，寫論文者人人皆有副產品，大家都要第二專長，《冰能》也許某部分就是這樣出來的。不論它是你陽台後院種出的一條菜瓜還是今天下午才滷出的一粒蛋，皆有撫慰人心的作用。柏伶的詩就是這樣不經意漫出一整代人不知研究何處去與讀書無用的徒勞感。雖然很靠北，卻不是自怨自艾自戀自傷那類作態，雖然也是盯著自己肚臍眼，卻把流膿發炎的內面掀出來。她不是要以退為進，要你愛

她秀秀她，她的許多詩只是明明白白的靠北本身，如能打中人，只是因為你也有此感覺而已。她的詩與讀者之間，往往也只在這一瞬間。若還有別的，我想她不反對，但也恐怕概不負責。

最後，再囉唆一下的是，我們這一代信奉夏宇教的人太多，絲毫不缺內建夏宇字典的大腦所寫出來的詩。我們都逃不開她的影響，更何況自陳受了「夏宇九年國民義務教育」的柏伶。這個不曾想要革除影響焦慮的傢伙，不僅深愛，還連續十多年都此心不變地只以夏宇作為研究題目。然而她的詩，卻是吸飽與浸透的轉化，酷愛語言裡的各種誤會、錯位、諧音、混種、雙關的她，早把變種陳腔、改易濫詞、以俗攻俗化為專長，在巨大的腹語術陰影下，柏伶的詩歌已悄悄排出腹水，喔不，是唱出了自己。

她蓋的這座冰能攤，適合開在「台Ｇ店」或「調茶局」的隔壁，適合放在「很慢的果子」與「檳榔叫出來」這些招牌旁，雖沒西施霓虹燈，但記得上 youtube 隨手一點你歌伴唱，高歌一曲「放捨我你就不對～～為什麼免計較～～～」。因為，人生怎麼樣也比不上你歌伴唱帶的一句。《冰能》絕對不會放捨你，這是一本可以陪你哭夭、陪你目箍濕的詩集。

參考文獻

何獻瑞，《跳吧》，臺北市：一人出版社，2012 年。

沈意卿（譯），林韜（著），《咿咿咿》，臺北市：一人出版社，2010 年。

沈意卿，《那些殺死你的都並不致命》，臺北市：一人出版社，2014 年。

梁家瑜（譯），托努‧歐內伯魯（著），《邊境國》，臺北市：一人出版社，2011 年。

盛正德，《永遠的下一站》，臺北市：一人出版社，2011 年。

＿＿＿＿，《狐狸與我》，臺北市：一人出版社，2013 年。

陳柏伶，《先射，再畫上圈：夏宇詩的三個形式問題》，新竹市：國立清華大學
　　　中國文學研究所，博士論文，2012 年。

＿＿＿＿，《據我們所不知的——夏宇詩研究》，臺南市：國立成功大學中國文學
　　　研究所，碩士論文，2003 年。

陳虹君（譯），克里斯提昂‧蓋伊（著），《出事情》，臺北市：一人出版社，
　　　2010 年。

陳虹君，《秀場後台》，臺北市：一人出版社，2013 年。

陸穎魚，《晚安晚安》，臺北市：一人出版社，2015 年。

詹正德，《看電影的人》，臺北市：一人出版社，2014 年。

劉霽（譯），史考特‧費茲傑羅（著），《冬之夢：費茲傑羅短篇傑作選》，臺北市：
　　　一人出版社，2012 年。

＿＿＿＿，《夜未央：費茲傑羅經典小說新譯》，臺北市：一人出版社，2015 年。

＿＿＿＿，《富家子——費茲傑羅短篇傑作選 2》，臺北市：一人出版社，2013 年。

劉霽（譯），克里斯多福‧伊薛伍德（著），《再見，柏林》，臺北市：一人出版社，
　　　2011 年。

＿＿＿＿，《柏林故事集》，臺北市：一人出版社，2013 年。

＿＿＿＿，《柏林最後列車》，臺北市：一人出版社，2013 年。

劉霽（譯），華克波西（著），《影迷》，臺北市：一人出版社，2010 年。